U0917934

DUO SHAO RI ZI
DAN CHENG LE QIAN LAN

多少日子淡成了浅蓝

范明 著

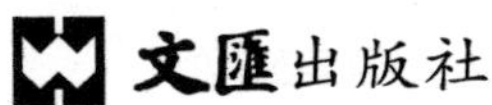

图书在版编目(CIP)数据

多少日子淡成了浅蓝 / 范明著. -- 上海：文汇出版社，2018.7

ISBN 978-7-5496-2655-7

Ⅰ. ①多… Ⅱ. ①范… Ⅲ. ①诗集-中国-当代
Ⅳ. ①I227

中国版本图书馆 CIP 数据核字(2018)第 148416 号

多少日子淡成了浅蓝

著　　者 / 范　明
责任编辑 / 吴　华
出版策划 / 力扬文化

出版发行 / 文匯出版社
　　　　　上海市威海路 755 号
　　　　　(邮政编码 200041)
印刷装订 / 成都勤德印务有限公司
版　　次 / 2018 年 7 月第 1 版
印　　次 / 2018 年 7 月第 1 次印刷
开　　本 / 880×1230　1/32
字　　数 / 175 千
印　　张 / 7

ISBN 978-7-5496-2655-7
定　　价 / 28.00 元

目录 CONTENTS

第二辑　多少日子淡成了浅蓝

第四辑　岁月

代序：关于写诗

范　明

写作，是要甘于冷清与寂寞的，沉静下来。观察、思考、感悟并审视内心。

总记得沈从文先生的“耐烦”二字，原来读汪曾祺的文章，曾经谈到过这一点，前日读范曾自述，又谈及先生的“耐烦”，温故而知新。

就诗歌而言，诗歌创作已成为现今人们抒发情感的绿道，那些来自瞬间的灵感，一触即发，不吐不快。诗歌是灵性的表达，往往一首诗歌的完成，能达到一种表白的快意，内心的释然，美的享受。

什么是诗，早有许多定义。诗人在探求诗歌创作的过程中，汉人董仲舒的“诗无达诂”，仿佛成为诗人们一种无形的动力。然而，诗歌自有其内在规律，也有区别于其他文体的更高要求，在精神上、情感上、语言的运用上，或者在结构与技巧上。这需要不断地学习、感悟与锤炼。纵观许多优秀诗歌，在我看来，一首好诗的形成，最基本的要素可归纳为，语言美，情感纯，要有一种向上的精神。不过，有时概念化的东西往往会局限一个人的思维，那来自天籁的声音，会突然地在一个清新的早晨，美丽的黄昏，或夜深人静时，在心底召唤着你，当这种感觉来临时，方能达到最佳的创作状态，写出自己的诗歌。写出自己的诗歌才是最关键的。而要形成自己独有的风格，又非一日之功，它要靠慧眼，慧心，靠日益积累以及对诗艺孜孜不倦地追求。

纯正的诗情，也是我始终热爱的。在我的内心深处，诗歌是我心里的春天。

我的这本诗集是对过去诗歌创作的一次总结。希望今后再出发，有个全新的开始。

Chapter 1

第一辑 心里的春

很早的早晨

很早的早晨醒了
但太阳还是躲了起来
这并不影响水流声
沾着露水的花朵点缀的湖畔

清淡的路边
玫红的簕杜鹃从墙缝里长出来
虽然到了初冬该冷的时候
池塘里却簇拥一团心形荷叶
仿佛夏天还没走远

有时偏爱自然的东西
雕琢的事物也是可以的
比如把时光打磨成喜欢的氛围
比如每天的等待
太阳穿过厚重的云雾
透出光亮

无　心

时常都是无心
比如路过的风景
拿着手机一路随拍
美与不美都是以后的事

把屏幕上的细节无限放大
当时的美已变了模样
有的不需要仔细看
远远地，朦胧一些
想象心里想要的东西

无心是有心的意外
事物在镜头里呈现
如果仍感觉失望
或许被过度地修饰晃了眼

沉　思

好久没有沉思了
当沉思被大多数人误解
习惯了热闹
欢愉已广被赞许

朴素的东西渐行渐远
一件朴素的衣
一行朴素的字
一句朴素的话
一颗朴素的心

写朴素的诗
我总是怀着羞怯
世界太过纷繁
而我的诗很简单

心里的春

温馨月光的颜色
在幽静的夜，悄悄怒放
一只蝴蝶从山里飞来
聆听花开的声音
夜露把它的翅膀温润
月光静静地泻在花与蝴蝶上
蝴蝶抖开双翅在花间飞翔
芳菲在青青的草尖流淌
一幅动人的舞蹈
把夜点装
心灵碰撞的颤音
恍若天籁

我总是在静静的午夜
抬头把窗外的夜空凝望
看风把树梢吹响
看蝴蝶把绿叶摇曳
白云轻飘飘走进眼帘

紫红的蝴蝶兰，幽幽的香
把心怀注满

既然不能走远，在纵深处
看小桥流水，看春色满园
我便在书香里寻找春天
在脑海中铺上一张白纸
用我最喜爱的笔
画一幅五彩缤纷的畅想

四月的花开了
蔷薇在月华里鲜艳
望着夜色中伫立的你
笑，滋润了我的脸庞
春，在心海里荡漾

三　月

三月风温润
白雾笼罩
一片梦幻

天上仿佛有个仙女
俏立云端
微笑地，撒下芬芳

低头，莞然
小屋沐浴在灿若银辉的阳光里
春寒渐散

几多烦愁淡了
风微拂
拂过我桃红的面庞

春 天 里（组诗）

春之声

泥土流着清新
小草纳吐芳菲
一丛丛小花
红黄粉白，灿烂娇艳

鸭子在湖面嬉戏
荡漾阳光
水波闪耀金子般的亮片
犹如星星眨动的眼

明亮洁净的小径
花丛中，蝴蝶翩跹，蜜蜂酿蜜
湖岸，杨柳依依

孩子追着风筝
牵着童心与梦

飞跑在阳光的绚丽里
一串银铃般的笑
温暖了田野和家园

一元初始，万物苏醒
春，绿了水青了山
明媚的希望
在鸟语花香中成长

春晨絮语

晨风吹散乌云
太阳把云的岁月描写
山峦笼罩在雾岚里

树冠被叶子的青翠簇拥
飘飞的毛毛雨
从城市的背面走来
滋润被冬干涸的土地
小鸟在轻轻地歌唱

几片枯叶
在湿润的风中
跳起冬天最后的舞蹈
点点桃红，在春寒中
颤悠悠地扬起小脸

春来了
披着一身清新
美了三月的天空
醉了我脚步的轻盈

春色剪影

沙沙，风亲吻着树
苍翠的林间，鸟声此起彼伏
天空一片浅蓝
白云向远方游去

路边嬉戏的两只蝴蝶
一只追逐着另一只
翅膀扇动着欢乐

时光在风中流淌
春色走进眼帘
悄悄地把心翠绿

春夜喜雨

雨把夜的寂静打破
树木是琴弦
乐曲叮叮咚咚

丰富了时钟的单调

雷声迎着春
雨飞翔着优美
落到地面
一朵朵好似珠玉

悠悠的旋律响在耳畔
一切仍是旧时心情
记忆的雨花恍若星星
一闪一闪

春天的信仰

春天说：爱情很美
我信仰春天，所以
我头戴春天的花环
去追逐爱情

春天说：心中有爱
你就美
我信仰春天，所以
我去爱

四　月（组诗）

四月的旅行

雨后，新叶如花
亭台下，池塘边
我们排成一字
踩过青石板连接的小桥
踩过潺潺的水流
如蜻蜓展开双翼
飞向下一站的清新

淡淡的愉悦在心里开花
周遭的一切不再陌生
孤独者不再孤独
自己也不知去了哪里

前方有花香引路
鸟儿在枝头鸣叫
孩子用清亮的目光

追逐四月的风景

单纯的宁静，呼吸相融
即使是片刻

四月的雨

四月的雨下得突然
雷声有些脾气
今晨从睡梦中醒来
仿佛还在昨日的黄昏
一个人在林荫路上散步

窗外的雨声由急到缓
我的指尖一如雨点的节奏
纷乱，无绪
在键盘上敲打，写着：
树木飘散着新鲜的气息

我的四月是紫色的

紫色的四月
把时光的故事收集
片断与瞬间
都串成了紫藤花开的模样

我的四月也有黄玫瑰般
微笑的永恒
我爱这如月的年华
你们也爱着我

祝愿

温馨的夜
伴着海边的万家灯火，蔓延
我点燃一支红蜡烛
默默地，把最美的祝愿送给你

烛光绯红了我的脸庞
妩媚了你的眼睛
欢乐的海涛声
仿佛歌唱着幸福和梦想

三月，春寒料峭
杨柳依依轻描我的眉梢
在三月的拐弯处
我愿是一树盛开的蔷薇
把你的四月装点

礼　物

其实已不在乎什么礼物
只是几句问候
我的存在就有意义

这一天，我又回到女儿的身份
耳边传来妈妈的话
她依旧那么年轻，貌美如花

收到礼物的欣喜，当然
是女人想要的小情调
尘世里，我微若一片花瓣，却是唯一

四月，是一年中真正的苏醒
心如新芽萌动，从树尖上冒出来
紫藤花也开了

午后的阳光

随风摇摆的树枝
在绿茵如毯的草地描写斑驳
春光潋滟
眼里的绿荡着金波
你的目光凝视远方

两只蝴蝶
在翠绿里翩飞
是捕捉，还是享受阳光的午后
蝴蝶是蝴蝶的花朵
我在花朵上抒情，在阳光里诉说

望着你阳光里的面孔，我看见
被太阳的妩媚融化成的等待
书翻到四月的第一页
风吹艳的玫瑰
抒写着一首纯美的情诗

鸟鸣从林深处传来
悬在心头
轻叹，思念的心情很浓
随着午后，直到黄昏

半个月亮

半个月亮
潮湿，朦胧
像是刚沐浴出来
款款地走在灰蓝的夜空

安详的，微笑着
眉宇却带了忧愁
云朵为她铺路
星星羞涩地躲了起来
用爱慕的眼神偷偷地望

每个夜晚
如果有月亮
不论圆缺
你都会想起闪烁的星
它让你有了美的光芒

五月的第一首诗

第一个早晨
薄雾爬上窗台
晨光温馨
曲折的小径，落英缤纷

抚弄琴弦
深幽的旋律
如山中的小溪
流淌出五月的第一首诗

这个海边的城市
天空湛蓝如洗
海风吹拂着我的脸庞
想象着
风顺，云柔
鲜花开遍原野
郁郁葱葱的山峦
溪流清澈

怀拥这样的阳光
从清晨到夜晚
阅读天空的明媚
悠然自得
眼神在阳光里明亮

今朝风日晴好

淡淡的阳光撒下柔波
在我的心扉驻足
对镜而望
我的面颊温润
霞光走进眼帘

今朝风日晴好
我把昨日细雨霏霏的心情放下
凝视天边那朵浅蓝色的云
飞舞着翅膀
舒卷轻盈

我渴望一起飞翔
阳光沐浴，花草作伴
像云
像风

红　日

红彤彤的日子
已抵达了么
仙鹤飞来，立在山尖
这是哪儿，如诗般宁静
我们离得太远
你看仙鹤也在眺望
仿佛梦中出现，却无法丈量远近
简单的心，因此复杂
也许只是祈求
一点太阳的光芒
希望就被看见
我们也安静着，优雅，如翩飞的仙鹤
是的，高山不语，水流沉着
当你朝着红日进发
空谷回响的
应是大自然殷勤的邀约

六月的秘密

窗外，风披着阳光的衣裳
摇曳花草
把夏日尽情渲染
踩着鸟的歌声，捕捉
每一缕热风
六月的秘密
穿过脚心，走进我的视野

张开薄翼，蜻蜓
近了，又飞远
一朵荷花，在涟漪的水面
仰起一张红红的脸
映照着整个蓝天

热浪，铺开池塘的夏天
是谁的秘密
斑斓了六月的梦

我们都爱美的事物

1

我们都爱美的事物
清晨的空气飘着甜味儿
鸟儿又开始叫了
花儿开了
春天刚刚来临

被雪覆盖的山川也醒来
把自己融化作一缕春风
温婉，就像从前

好比我们都爱树的葱郁
小径的幽芬
不再不知所从
静一静
用微笑去聆听

2

愿意做一次飞翔
像只展翅的大鸟
飞入大山深谷
去体验冒险的快感

火辣辣的夏是最好的季节
冲出樊篱
顺着从高处奔泻的清流
伙伴们
看我多帅多勇

别惊慌
这只是奇妙的瞬间
喧腾的水声遮盖了我的叫喊
而我的理想
已在自由中奋飞

3

我爱在大海里游泳
因为有海的颜色，蓝色的心情
起伏的波涛簇拥着
我们可以像鱼一样

在海里游来游去

轻轻地浮起沉重的身躯
让海浪抚平肌肤每一寸褶皱
海风吹过
红红的脸颊
笑映海面

来吧，孩子
迈步走向海，走向广阔
你会爱上它
爱上飞翔的海鸥

4

晨辉照在湖面
一汪温馨
两朵白云从天而降
紧紧相依
湖上泛舟
我们要去哪儿
一朵云面含春风
轻声问着
我们要追随曙光
朝着它的方向游去
好的，我跟着你

天涯海角，不离不弃
一个传说
涟漪在这片静美的湖
波浪在眼前闪亮
吟唱着一曲永恒的爱

诗

海风卷着银白的活泼的浪花
仿佛无数只海蝴蝶飞来
扑闪着翅膀
瞬间迷幻我的眼
我急促地捕捉
用浪涛的音符谱写心弦
跟着海蝴蝶，一起飞

七月的海

海是大地的温床
云是梦想的白帆
七月的风
涟漪海面
与阳光亲昵
多么恬静
我走在蔚蓝色的海岸线
望向无边无际

该怎样形容你的广博
你的轻言细语掀动起我的喜悦

岸上的鹅卵石层层叠叠
记录你的过往
当暴风雨来临
你击打岸边发出巨大的轰鸣

我沿着海的思绪

把你想象
我踏着你的足迹
与海浪拥抱

太阳雨中的遐想

翻开蓝色的诗笺
第一页，阅读
第一个字，我就看见了你
深情的眼眸，欢乐跳荡
甜美的爱，比四月的雨绵长

蓝天，海风编织的云裳
在眼前飘逸，好想
摘下一朵
插上羽翼，飞越大海
把绚丽的云裳披在你的身上

你在他乡还好吗
看，太阳把蓝色的雨滴倾洒
不知道海风能吹多远
能否吹到你的城市
把雨的诗意溢满你的小窗

今晚，月亮会不会挂在夜空
你抬头凝望的月光
是不是和我凝望的一样

写在八月

阳光灼热
喧腾在时间的长河
途经的道路已经熟悉

表面的事物一成不变
可总有一种喜悦
停留在出发地
在心底收藏

时光弹奏着
乡村与城市的交响曲
古楼与新楼诉说着过去和现在
那些故事曾怎样地发生过

我最终选择漂泊
在这个海边的城市
想象自己是天上的云
飘到哪里
随风

海边凝望

你是用怎样的画笔
才能描画出这醉人的蓝天
我惊叹你的鬼斧神工
雕刻的这片广漠大地

海风呼呼地刮着
刮出一片夏日的戈壁沙滩
就连飞卷的尘土都是新的
不含丝毫的杂质

白云悠然自得
张开翅膀在天空飞翔
几只鹭鸶点缀着深蓝的海域
一群小鸭子拥拥挤挤
撅着粉红的嘴，在沙滩边蹒跚学步

纯净、辽阔
把我的视线填满
屏住呼吸
只想把这幅画带回家

写给蓝色

你是天空的孩子
脱俗的气韵顷刻间迷住了我的眼
把心里的尘拂拭

所有的色彩都有情感
令人炫目的东西一闪即逝
而你的纯净，如花儿芬芳
我懂得了明朗和执着地守望

太阳里有你的味道
月亮因你纯真而浪漫
你把忧伤抹去
希望在身体里埋下根

我喜欢仰望着你
就像云朵
徜徉在你宽广的胸怀
永远照亮我的心田

午后的海边

阳光正好
温和中裹着海的味道
铺满沙滩的浅蓝走进眼帘
青山远黛
船儿倚在淡淡的时光里
轻声诉说海的宁静
你喜欢一个人看海的这个午后
坐在椰子树下
品一杯咖啡
把心事谱成一首歌
悠扬的旋律仿佛远方飘来的风笛
渐渐地
你把寻觅的目光收回
低下头
闻着咖啡的清香
一朵微笑在心底绽放

白云在蔚蓝里明媚

你想起绿野环绕的家乡
河流静静地流淌
岸边的村庄
弥漫着夏天的香气

风吹过沙滩
把远方眷恋
海鸥在波光粼粼的海上
让爱飞翔

夏日黄昏

天空依旧是迷人的蓝
云团疏散开来
轻盈飘逸
混沌之气在渐渐温柔的黄昏中消解
我远远地望着
那宽广无垠的大海仿佛就在眼前

温暖从胸中溢出
这自然赋予的生活之美
在落日余晖下呈现的从容淡定

走在火焰般的大地上
令人愉悦的晚风习习吹来
我的脚步轻快无比
若有所思的眉头绽开笑意

频频回望
把这瞬间的美铭记

写下一首颂诗
以后被生活所累
就拿出来阅读

盛　夏

毒日头施展着魔法
把最后一滴水蒸发

我有足够的耐心
等待阳光弱下去
等待黄昏的静美

落日在远山上洒下余晖
垂眉低首
微醉而去

经过一夜的睡梦
早晨醒来
池塘里，一滴水珠在绿荷上滚动

又是新的一天
我继续等待着阳光弱下去
等待夜晚的宁静
月亮升起

停电的时候

夏夜突然坠入深渊
每扇窗户
融入无边的黑暗

人们从屏幕中如梦初醒
网络游戏，言辞波浪
顿时消隐

离开虚拟的空间
终于想到可以下楼
走到屋外

三三两两的人
交谈着
陌生的气息飘浮在半空

远天的星
闪着点点亮光
为大地照明

秋晨絮语

两只灰色的小鸟
在我拉开窗帘时
扑腾一下飞走了
我歉然
惊扰了它们的小憩

刚才说了些什么呢
朴素的窗台
没有摆放花草
小鸟也愿意来歇一会儿

窗外的那棵树
四季都是绿的
晨风把树叶摇曳
小鸟藏在树枝
啼叫婉转

这个早晨

树、小鸟，秋日的阳光
陪着我
轻轻，漫步花园

秋　日

放下手边的事物
你看那阳光穿过茂密的树林
洒向幽静的小路
去倾听风声，鸟声
花草轻轻地笑
引着你走向深处

把脚步放慢
你发现
时间旅人背着金黄的行囊
桂香在山水间飘散
天空湛蓝，仿佛被天使抚摸
你的脸也灿烂起来
与万物一起舒展

最美的季节
该用最美的心情丈量
坐在山石上，清凉的风吹来
水声哗哗地响

别　秋

时光徜徉在绿道的深秋
空气清朗，愉悦弥漫周围
这个季节阳光依然明媚
茂密的树木
依偎着长长的幽静的小路
诉说着秋天的念想

几朵白云漫步浅蓝的天空
微风中，脚步轻快有力
岁月美妙
一山一水一草一木
都曾被深情触摸
犹如时间旅人
把梦想的种子播种
在这里开花结果

桂树飘香
传颂着耕耘者的勤劳

每个清晨至黄昏被诗意抒写
暂且放下别离的惆怅
总有些场景回眸欣然
微笑爬上脸庞

也许在某个似曾相识的午后
我们又会相遇
一起在阳光下赏花
呼吸绿野的芬芳
看山水之间
万物生机盎然

穿行在十月

十月的柔风摇着树叶
在我的额头上划过浅浅的痕
湖波上
一只小船静静地停泊
聆听秋的旋律

叶脉金黄
妆点光阴的绚烂
成熟的气息
曼妙深沉
奏起绿之韵的乐章

喜欢这醉意的轻舞
阳光下，幽径上
留下了清丽的影

我开始不敢说雨

我开始不敢说雨
欢喜或忧伤
它敲打窗棂的声音依然清脆
我的心在安宁中入眠

当雨水落下
只想聆听它的欢愉
它无遮无拦，天真任性
不必脸红幼稚

原本就是这样
不用伪装
心跳与深夜的雨声合拍
梦中有回忆的甜美

喜欢这清灵灵的雨声
地上汇集成涓涓细流
清洗尘土

清洗有时迷茫的心

雨后，那棵春天里的树
叶子青翠，风送来清香
小鸟蹦蹦跳跳
喧扰的街市被置若罔闻

树站在那儿
不知在担心什么
我无法安慰
只是同它一起不出声

多 少 日 子 淡 成 了 浅 蓝
DUOSHAORIZIDANCHENGLEQIANLAN

Chapter 2

第二辑 多少日子淡成了浅蓝

多少日子淡成了浅蓝

多少日子淡成了浅蓝
花园幽芬飘香
风筝艳羡飞鸟
与白云一起翱翔
我放长手中的线
直到看不见另一头
心中的蝴蝶
嵌满风筝的翅膀

翻开日历新的一页
静美如昨
因为握着满满的爱
夏风送来秋天的金黄
点缀着浅蓝的日子
从容成淡淡的喜悦
月朗风清
秋高气爽

我感到了风的存在

树枝轻摇
叶子沙沙
一缕清凉在窗口徘徊
当我路过花坛
听见草尖上窃窃地笑声

我还没想好
今天要和谁说话，说些什么
虽然鸟儿依旧欢叫
它也喜欢清风微拂的早晨吗

再过几天，九月就来了
披着天边金色的霓裳
风也将调皮地寸步不离
催促我编织一季秋装

阳光把天空明媚
我收起淡淡的忧愁

倾听风的细语
写下风的诗行

风　景

我要把呼吸
融入绿色的光影中
铭记初绽的花蕊颤动的心跳
以简洁代替繁冗
白天，走进竹林
看一只孔雀俏立山梁
轻舞羽翼
感受纯净的美
夜晚，独坐溪边
听月光下夜的幽柔
用潺潺的流水声爽耳
享受一份宁静
让晶莹的露珠在心灵深处
折射出玫瑰的芬芳

心　帆

微风吹拂窗纱
一汪水池被晨光的倒影斑驳
雨转身离去
止住了滂沱的倾泻

池水饱满着
水波涟漪，向岸边轻吻
在没有干枯以前
面朝蓝天，拥抱绿地

仿佛很久了
熟悉的场景如心海里的帆
始终认定一个方向
乘风远航，驶向金色的沙滩

不论阳光明媚，或阴雨绵绵
其实，我对生活的爱与天气无关

醉 阳 光

阳光在凉爽的海风里饱和
一只海鸟展翅腾飞
巨大的翅膀划出一片淡蓝的天
树叶借风邀来天上的白云
同饮一杯阳光酿造的酒

贴近太阳的暖
脸在酒杯中泛起桃红
风把心海的涟漪微拂
梅花在阳光的妩媚里鲜艳

醉了，晴好的冬季
醇香的酒盈满了笑靥
你醉在了阳光里
阳光醉在了你的怀里

母　亲

母亲，是笑
是慈爱的眼神
唠叨的话语

想母亲的时候
风清了
云白了
天蓝了
我的嘴角也甜了

母亲
是我心中的轻暖
父亲眼里漂亮的新娘

昨 夜

刚入睡
妈妈就来到我的床前
清秀的眉
笑含春风
融融的暖
萦绕我的梦乡

醒来
窗外下着小雨
穿过模糊了眼睛的晨雾
思念追随着妈妈的背影
把回家的路
遥望

写给父亲

昨天，我总是不惜笔墨
将爱的音符献给母亲
我知道，你深爱着你的妻子
她是你手中的宝
母亲是水，清澈灵秀
你是山，伟岸巍然

每当我心里打结，人生需要过坎
那座山就会浮现眼前
我便拿起电话
聆听你坦然的话音和爽朗的笑声
用你的爽朗与坦然
化开乌云，重现蓝蓝的天

记得看你穿军装帅气的照片
我的眼里满是惊喜
后来，你挑起一个家和一个企业的命运
家的故事厂的故事

把你的生活情节丰富
你年轻英俊的面容
总能满足我小小的虚荣心

走出长满青苔的院墙
漂泊在外，我才读懂你的慈祥
都说父爱如山，我想说
父亲，你的爱比山更高比海更广
酸甜苦辣风霜雪雨，你的爱
让我人生路上不再凄凉

你一生坚守的信念
给了我指引
每当想家的时候，仰望夜空
天边闪烁的星辰
是你为我点亮的灯光

牵　手

——写给父亲母亲

年轻时的一句承诺
牵手已是五十余载
岁月把“老”推到眼前
不忍看
白发，皱纹
迟缓的步子
冬雪里苍白的容颜

生命中的艰辛已成过往
貌美的母亲不再年轻
清秀的身影
风中的歌谣
父亲把一辈子的爱给了她
她把爱给了儿女

牵手的场景那么熟悉
今朝风和日丽
五月的绿荫下，你们漫步花园

微微的风，思念无尽

昨夜，在梦里
母亲轻轻地叫了我的名字

最美的挂念

——写给小勤

凝视窗外的朦胧
甜蜜的雨丝在心田纷扬
你红扑扑的脸蛋
黑玛瑙晶亮的眼睛
小手温暖了我的四季

迎着风雨和阳光
细碎的日子在童趣中湛蓝
纯真，稚嫩
二月，春雨绵绵
柔软我心，小勤
你是上苍赐予的礼物
是我今生最美的挂念

絮　语

1

我没有时间孤独
虽然它无处不在

2

于是，我醒来
在斗室做一次精神的旅行
凌晨悄然，瞬间即逝
而天空渐渐明亮

3

阳光轻描淡写
抵不过风的温度
一片树叶
把冰凉的拳头握紧

以此取暖

薄阳里
树与风对峙
有时势均力敌
有时强弱不均

4

拉开窗帘
晨曦灰蒙，尘嚣摇荡
一如昨日
街道如河，汽车如烟
几棵树伫立窗外
叶子垂吊
苍翠中的尘埃
鸟儿躲避着浑浊
竟然也不愿意
在小道上闲庭信步

5

希望自己是一缕轻风
在窗外，吹拂着青黄的树叶
可我生来没有翅膀

那么，做一次远足
寻个僻静的地方
什么都不想
只是懒懒地晒晒太阳

不问春光

寒风吹倒一池残荷
几只白鸭游弋
蓝色的冷，微颤的水流

喧哗渐退
静默在渐近的暮色里伸延
沉到湖底

不问春光
去年的脚步匆匆
那只小鸭又长了一岁

也许还不到想家的时候
清月挂在头顶
冬夜的雪还等待着飘满我的窗台

就这样静静的
一池荷香的念想
该不远了

雨的季节（组诗）

雨的季节

树叶低飞
轻盈的风拂满庭院
簌簌的雨声
敲击着季节的琴键
也许你正凭窗凝视
思绪也如树叶
轻盈地低飞
缓缓地萦绕在翠绿的枝桠
听雨时的悠然随音乐起伏
而你回忆中的雨
充满惆怅

雨一直下

雨敲醒早晨的寂静
小鸟的啁啾飘进书房

雨一直下
窗外，云载不动万里忧愁
甚至风也不耐烦聆听
诉说的冗长
裹着迷茫，想象遥远的事物
今晨的雨驾着云朵
随风，不知飞向哪里
何时天晴

雨

几阵不痛不痒的雨
将湿热的空气涌入室内
我把窗子紧闭
空调的冷风
缓解了四周的躁动

一只猫
蓦然跳到窗台
瞪大一双圆溜溜的眼睛
隔着玻璃窗与我对视
它似乎受到了惊吓
叫声里充满了惊恐

从它的眼神里
我读到了这样的雨天

人如郁闷的太阳
躲在灰蒙的云层
隐身而行

默

如太阳褪去疲惫的衣衫
包裹的事物，终于露出缝隙
风卷着一丝灼热

那声音很轻
像沉积心底的叹息
轻轻吐出
便消融于夜色

小鸟在今晨默不作声
我也不想说不开心的事
天边响过几声闷雷
雨下了一夜
出奇的热被秋凉驱散

你说，不要停止
透过重重的雾霭
睁大一双明亮的眼睛

海边情思

朝霞如一位少女
穿着粉红的衣裙
款款地在海边漫步
海水起伏
浪尖上跳荡着
金色的阳光和早晨的喜悦

杯中溢满浓香
袅袅的思绪穿过落地窗
与银白色的海鸥
飞翔在蔚蓝的海天
清泉般叮咚的乐曲
在咖啡厅的幽静里流淌

走在海滩
修长的身影沐浴清新的晨曦
海风吹拂洁白的裙纱
你微微低下头

秀发半掩红润的脸庞
温柔的海涛，与你絮语

纤纤玉指滑动在黑白琴键上
层层叠叠的浪花涌向岸
轻轻击打裸露的礁石
把坑洼的沙滩抚平

倾听，追寻
琴声伴随海涛
飘向远方

没有月亮的晚上

灯把夜点亮
树影婆娑
细数夜的时针
思绪飘向远方

书桌上的台灯
柔和地照在书的第一页
就像风轻云淡的日子
月亮曾经照在头顶

不知何时
你们有了默契
仿佛在蓝色的海边
海浪亲吻柔软的海沙
星星闪烁天穹
风中幽香弥漫

这是你们之间的秘密

无声的对话
心灵的交流
眼前迎风俏立的佳人
与温柔的月影融为一体

然而，这几天
月亮不知躲在哪个角落
于是，你也不出声
仿佛在茫茫云海
找不到方向

车窗外的月

我透过行驶的车向窗外望去
看见月亮向上弯成一把镰刀
周身布满了银色的光芒
可是，她走得太快
眨眼间就钻进了云层

我曾经把她挂在脖颈
当作我的守护女神
装在心里，让她陪我度过许多长夜
想象着她的容貌
清雅，高贵

可是今夜不知谁惹恼了她
她噘着嘴，赌气似的
钻进云层再不出来

登　山

暖阳下
湖水涟漪
小径旁
风轻摇着红、黄、紫、蓝的小花

一个老人独自登山
另一个老人牵着蹒跚学步的小孙女
蝴蝶绕着几对恋人飞来飞去
偷听悄悄的情话

桂香飘来
泥土芬芳
我哼着歌，轻盈如燕
阳光，铺开了一条宽敞的路

我深爱这一片绿

我深爱这一片绿
山风吹来丛林的芬芳
我的心跟着风儿徜徉
茫茫的翠绿
犹如起伏的海洋
我的爱伴着碧波荡漾
天地连接
柔美的绿浪

山风起舞
舒展翩翩长袖
拂去了愁云
拂来了树香

借一对风的翅膀

借一对风的翅膀飞翔
轻盈、潇洒
当掠过天空时
云朵眨着眼，抿嘴笑
鸟儿听见了
对着天空在枝头叫
三月的花未开
风有一丝凉，没关系
你看温润的雨飘飘洒洒
一切都准备好了
只需等待阳光照耀田野
新芽破土而出
春天搬进你的家

采　茶

把序幕拉开
让风诉说心情
让绿色爬满树梢
明亮清晨的眼睛
弯弯的小路
向树林深处伸延

渡船鸣笛
向着朝霞起航
江风习习
鹭鸶在天空的蔚蓝里
划出一道优雅的弧线
彩虹腾空
把两岸山的青翠连接

袅袅的烟雨中
农家女子走进茶地的五线谱
头巾在琴弦上飘飞

身影如烂漫的山花
山花香了一条江流
歌声醉了整个庄园

村　庄

芳草青青
一树桃花开在宁静的下午
几头健硕的牛从容地吃着草

这么幸福
没有厉风苦雨和预言的恐惧
片刻中，锦年似水的柔波
奏响田园的牧歌

我们感到了一种疼
眼睛湿润，胜过怜惜一朵花开花谢
村庄的记忆渐远
其实，心中的河流，一直在那儿
静静地流淌

不需记得，也不必忘记
村庄的故事已是生命的内在
而不是瞬间

当傍晚来临

浅浅的月儿挂上树梢
我用月光的眼神
凝视一树繁花
我借月光的手
抚摸路旁歪歪斜斜生长的小草

傍晚在月光里宁静
窗外的喧扰渐渐消逝
我的思絮随风起舞
把每朵花想象成绽放的蔷薇
把每棵草想象成葱绿的忘忧草

七月的夏天

从七月开始
雨常常光临
天空时而阴郁时而湛蓝
其实下雨很好
这也许是太阳善意的恩赐
看，那些花儿
文殊兰，琴叶珊瑚，龙船花，五彩苏，蟛蜞菊……
开得亭亭，葱郁
有时，太阳露出刺眼的光芒
雨就下起来
给夏日送来清凉的慰藉
拍下几朵花影
记住七月的夏天
许多事物正在热情绽放
云海恢弘而壮美
每个清晨快乐出发

夕阳西下

这么近，这么近
可以追着跑

海浪还未安静
小船渐渐成了小小的一个点
金色布满眼前一对情侣

沿着长长的海岸线
一路追着夕阳
我知道，它会很快消失
在还未看清楚之前

海浪的声音几乎听不见
被岸上熙熙攘攘散步者的低语遮盖

但可以安静地坐在长椅上
等待夜色降临
风从远方来

池塘一景

荷叶漂浮
一片，两片
我猜是谁随兴布置的池塘
江南的情绪随之而来
枯黄的阔叶是前景
水波哼着江南小调
进入我的视野
仍敏感于这样的季节
风摇曳着树枝
水面散落的飘萍，柔弱的粉荷
不远的拱桥上行走的人
一排民宿的屋檐
挂着几串红灯笼

阳光穿过树梢

阳光穿过树梢
黄昏的背影修长
原野空寂
但有鸟儿飞过
密林的枝头朝向太阳高举
树叶凋零一地
还保持虔诚的姿势

恍惚到了地球的另一端
与日常所思完全两样
这里不需要寄情于任何物件
自然的光亮透过树枝
照在大地每个角落

我们卑微的思想
常常忘记原野
和原野上的阳光

清　影

下午如水一样展开
树叶探头望自己的倒影
那种青黄的颜色也喜欢
勾勒水墨几笔，简洁素雅
有花无花无碍
几枚叶子也能孤芳自赏
到了黄昏，天色渐暗
天上明月升起
月光照在水面
水中的影子都安静下来
风也轻轻地吹

风

这几天风有些大
曾经喜欢的风，现在变得讨厌
出门时我把帽子围巾都戴上
试图缓解风的伤害
可寒气袭来
看不见的湿冷
我想，每年这个时候都如此
窗外树枝随风摇晃
发出吵吵的响声
阳光明亮，使人产生错觉

十二月总是以风的方式催促着
今年就要结束了
那我的遗憾是什么呢
是没能遇上一场冬日白雪

Chapter 3

旧院落

走在旧时光的巷道
想象那时的人
这么大的院子
时间很慢，脚步很轻，情感含蓄
日子过得小心而精致
也有七情六欲，善恶之分
也有许多欢笑和忧愁
大多数都恪守本分，忠厚老实
院子里的风景四季分明
春花，夏风，秋月，冬雪
一年又一年
有人新生，有人老去
如今庭院空寂，人亦不在
淡淡的光影落在旧日的门窗上

记　得

宁静的夜
萤火虫扑闪着薄翼在暗处发光
焰火在妩媚的夜空绽放
耳畔传来一阵阵浪涛的声响

时光淹没了远逝的记忆
如潮水退去
那只海上的小船
是否仍在静谧的海边停泊
听风看月
独享自然的美

窗前，女孩的身影在灯光下徘徊
柔情的小夜曲
仿佛回旋着寂寥的气息
融入茫茫夜色

背　影

背着背包里的思想
故作轻松地去山野
好奇地找寻
日常中的不寻常

深吸一口新鲜的空气
倾听林中的鸟儿
叽叽喳喳之后
消隐风中

当双脚踏遍山野的丛林
除了几声惊叹
仿佛一无所获
我们依然背着思想归来
山脚下
行走的背影未老先衰

地 铁 上

飞驰
从这一站到下一站
一首歌还没听完
车门上的指示灯就闪了

此刻，它微乎其微
好像不属于任何人
如梦惊醒的一刹那
当你回头张望
熟悉的陌生的影像越来越远

而时间在一旁冷冷地窥视
车窗上所有的影子
也飞驰着，一晃而过

风与树

如亲密的老友
不期而遇
风摇曳着树
树渲染着风
一个眼神，半点眉皱
彼此都能读懂

虽是不同的个性
却有一样的胸怀
树扎根土壤
在风的怀抱枝繁叶茂
年轮雕刻着岁月的沧桑

无影无形的风
在树阴里
把四季的苦乐诉说

孤独的沙丘

云海充满诡秘
把高山笼罩
旋风刚过
静卧江底的沙粒被卷起
年复一年
聚成孤独的沙丘

别担心看不见天空的蔚蓝
最美的时刻还没到来
还需要虔诚
双手合十，祈祷
沿途的风景归于洁净
蓝得透亮

如果可以
面对孤独却卓尔不群的沙丘
捂住胸口
追问自己最初的心音

光

万家灯火
把都市繁华的夜演绎
走在路上
道旁的高楼，幽暗的巷子
恍若隔世
我用帽沿遮挡住双眼

我的眼睛已被灼伤
如果哪一天失明
是否会像荒漠里站立的一棵树
在城市火热的风中
守护着自己的孤独

从现在开始
应该铭记蓝天白云
和银河岸上那颗星
在大脑里烙印
当干燥的季风把时光碎裂成片

让记忆里的星为我照亮心海

我如此勤勉和执着
是为了修炼心灵的清澈
让八月的秋水
托起一个湛蓝的天

过　程

起承转合，情节相似
当风声平静
无所谓悲喜
冬天里仍有幻想吗
听吧，这轻柔的乐曲
抚慰着默然的昼夜
旭日东升
明月降临

新年快到了
一个声音总在问
过去的每寸光阴辛苦吗
你是否也饱含某种牵念

仰望天空
我不再祈求什么
只愿年复一年
恬淡在岁月深处
把美好的光影收藏心底

绿　野

绿野空旷
连绵的山告诉天空
这里流动着生命的永恒

云遮蔽山的视线
泥土芬芳褪尽
这世上总有辛勤劳作的人
善良地等待
从春天出发
抵达下一个春天

就像今天一大早
迷雾笼罩
你走到庭院外
精心打理
你开垦的菜园

寻　诗

我寻觅着
爱的诗句
用蓝色的笔尖
写在洁白的信纸上
然后微笑着
在花园里轻盈漫步

时光缓缓地
穿过白昼
月升上了树梢
我看见你
从清朗的夜色中走来
手里捧着满天的星
撒在我馨香的花园
闪闪，亮亮

火 车 站

人头攒动
嘈杂零乱
人们背负大小的行李
从四面八方涌来

要走的人上了火车
车窗外，送行的人频频挥手
风吹起发梢和衣角
飘着离别的伤感

也许从此天各一方
再没有乡音和乡音里的欢乐
熟悉的面孔
只能在梦中相见

车开了
长长的铁轨拉长了思念
漂泊的人
又生出许多乡愁

今日再相聚

——记二十年后水果湖的一次相聚

恍如梦中一般
你们相继走进小静茶庄
笑容还是二十年前的模样
我的脑海急速飞转
在时光隧道里搜索辨认
翻拍的旧照片
如旧时光中的青春歌谣
那些意气风发的年月
那些任性骄纵的年月
青涩，腼腆，阳光，快乐
多么美好

金黄的十月
秋风格外清爽
意外让惊喜挂上眉梢
我们品茶，闲聊
记忆之门徐徐打开
经过多少个春夏秋冬

我们都在四季的风中成熟
鬓角染上白发
细细的皱纹爬上眼角
然而个个气宇不凡
优雅端庄，恬淡开朗

不要说忘记
浓浓的友谊唤醒了尘封的往事
谈笑间，忆起旧日芳华
今日再相遇
是缘，是亲

记一位朗诵的女孩

你穿着灰蓝色的工服
微微颤抖着
那么小的声音
用方言朗诵着一首诗
你说，大地上到处是火车
你怯怯的眼神
涌出忧伤的涟漪

仿佛你坐上了一列火车
从故乡出发
火车把你单薄的身子轻轻摇晃
你偶尔抬头看着窗外
迷茫地憧憬着远方

火车在前进，你也在前进
故乡的亲人和风景
还站在故乡的田地里翘首眺望
你用那么小的声音

颤抖着说
我的祖国大地到处是打工者
到处是把他乡当故乡的亲人

将长发束起来

紫色的蝴蝶结
安静地贴紧长发

夏日清爽的海风
吹拂我白皙的脸庞
我要为你保持蝴蝶般的美丽
翩飞蓝天的浪漫

随风去吧
阴雨的沉闷
海燕正在风起云涌的万里长天
搏击呼啸的海浪

将长发束起来
扎成一朵花

静

1

夜深了
四周静寂

我对静说
看，这匆匆……

静
投来默契的眼神

2

光在游移
水在奔流
山在呼吸
花在开放
大海安详

我在静谧的夜里甜睡

天亮了

看见早晨第一缕阳光

静谧的乡村

乡村静谧
视野安详
屋前大片的绿地正在生长
人们已进入屋中小憩
偶有鸟儿飞过时婉转的啼鸣

就这样，每天
简单而满足的生活着
把岁月的镜头慢慢拉长
篆刻在季节深处的
是山风，草香，晨露和霞光

房顶上的新叶探出头来
春风拂过村庄的每一扇小窗
甜蜜了整个下午
也唤醒了童年的清澈
和年少时的梦想

似水流年，也许这一切
终将成为追忆
但有一种东西深入骨髓
如同民间的不老传说
如同这一片坚实的土地

酒香中的外婆

旧时光摇醒石湾酒庄
沿着悠长的小巷
你的双脚寻觅着青石板路上
久远的记忆
外婆又回来了
她酿制的酒，香飘千里

雨把忧伤打湿
忆起数十年前的春绿秋黄
在外婆走过的小巷
你环顾张望
把儿时的欢乐团团抱紧
醉入满怀的酒香

就这样很好

我寻觅的那弯月
从二月开始
一直躲在云层里
太阳还没有足够的光去照亮它
星独自闪烁着

其实，每个日子都天澹云闲
我记忆中的月
微风吹拂，岁月温馨

就这样很好
不论月亮是否出现
它美丽的容颜
已牢牢刻在了梦的心尖

楼上的钢琴声

楼上的钢琴声从窗口飘来
我从书中抬起头
想，这也许是个初学者
用一双稚嫩的手
在黑白琴键上
弹奏着轻快的音符
她弹得认真
反反复复地
弹一支曲子的开头
仿佛梦的序曲在指尖上跳跃
如一枚青果
在整个静谧的下午
期盼成熟的季节
编织心里的梦——

梦中阳光柔和
山风把涟漪的碧波微拂
你们牵手在狭长的山路上

羞涩了小草的脸

清香的花
把风修炼得更加天然
沿着山路
双脚把绿茵环绕的石阶叩响

愿意背我吗？
去采摘天使织在树梢上的红云
做一件漂亮的衣裳

木棉树下

你玉立在木棉树下
一汪秋波荡漾
天蓝如水
如絮的白云迎风起航

翠鸟飞翔
飞向连绵的峰峦
把你深情的目光牵引
石板路在阳光里亲切

嫣红走上你的脸
花儿吐艳
你的倩影鲜丽了木棉花
映红了山下的村庄

扑鼻的花香
在春天的思绪徜徉
爱情在芬芳的季节绽放

写在海滨

我来到这片陌生的海域
风紧着衣襟
乱了发梢
远岸的泊船
不知承载过多少风霜

浪花拍打着沙滩
一浪接一浪
冲刷沙石
诉说一个久远的故事

凝视中
黄昏降临
落日余晖把海染成金黄
站在渐渐宁静的港湾
聆听浪花的声音
心灵也像大海上归航的船只
停泊，靠岸

如此陌生

我甚至怀疑
你们群居在另一个星球
在你们的辞典里
少了一个伙伴都会感到难过
也许很久以前
你们与人类有个约定
宇宙内的生灵在千变万化的艰难中
都要和睦相处
可愿望的实现还需努力
你们是否也感到了不安，危机四伏
或者已经迁徙到了地球上的某个角落
开始习惯过着暂且安定的生活
凭着本能、勇气和无畏
为未来构思一幅蓝图

你们，我们——
如此陌生
又相互眷念

山高水长

这里是诗的国度
朦胧含着水的重量
我们摇着渔船，心无旁骛
河流经过的地方
鱼儿依稀可见
冒出的小水泡
像天上落下的雨滴

山高水长
我们宁愿沉醉
沐浴着晨露与晚霞
生活细水长流、郁郁葱葱
连绵的山峦是连绵的向往
绿色的水乡是梦的家园

红楼圆梦

从始至终
我们都不曾远离
一朵朵微笑
依然是从前年轻的样子

那时候
我们爱说爱笑
未来是清晨初升的太阳
空气清新
花草芬芳
爱情朦胧

那时候
跳动的心就像清澈的眼睛
还不懂得想很多的事
青春是五彩斑斓的春天的盛宴
无数个明天等待着我们去拥抱

那时候
红楼是梦开始的地方
水果湖的街道
我们并肩，从黎明到黄昏
留下了深深浅浅的脚印

如今，游子归来圆梦
重温旧日时光
梦还在，理想还在
云淡风轻的背后
是满满的祝福声声

天台山印象（组诗）

山中云雾

是梦，非梦
都说是人间仙境
而我却和你不期而遇

眺望山峦的连绵
一条银白色蛟龙
威仪而大度

好想融入其间
感受天然的美
而我只是匆匆过客
此行记住了你
你是否记得我来过

林中杜鹃

你独自绽放在华顶
笑看缥缈的浮云
千万条树枝攀沿上升
不羁的个性衬托花朵的妩媚
缭绕的晨雾是你身着的青衣
这万种喧嚣，你只属于你
啊，别出声
也让我的呼吸温润舒缓
远看近看
你妖娆而卓然的身姿
无与伦比

国清寺

幽静的寺院
细雨纷飞
时间的碎步更轻了
石壁上的图腾古朴斑驳
历史的印痕与我的目光对视

我的浅影立于一角
来不及惆怅
人声将我唤回现实

高大的树借着凉风
为我解说内心的疑惑

踩在雨打湿的青石路上
脚印浅浅
我并不想急于离开
只愿多停会儿
洗一洗被蒙尘的心

走近石梁瀑布

远远就听见你在欢唱
走近你
你从高山上飘飞而来
如白衣翩翩的女子
用朵朵浪花击拍岸石

山石是水的房屋
水流如练
多么巨大的舞台
无数的水珠弹拨竖琴
回荡着欢乐的乐章

静静地坐在一旁
多余的声音听不见了
哗哗的水声

向远处伸展

这个清凉的下午
在你的身旁
我们听音，聊天，喝茶
起身带走你的馨香

小记寒山湖

如一面镜子
把天地装入镜中
我在
那些树的翠绿也在

村庄里
小岛上
静谧中的绿
生命中的真
时时拂来的山乡闲适的风

山水相依
谁不欢喜
良善的心
谁能忘怀

老街写实

几只雏燕从屋梁探出小脑袋
翘望
等待觅食的母亲

两个孩子坐在书桌的幽凉里
阳光照在作业本上
书香浸染着老屋的朴实与沧桑

一位银发老人
对着镜头笑
满是皱纹的脸扬起儿时的腼腆

几只小狗或跑或吠或扰痒痒
最后躲进阴凉
在屋檐下懒懒地假寐

老街不老
老屋的破旧藏着风雨飘摇的故事
新的故事正在上演

大明湖浅影

一湖春色
满城春风
四月里桥上的人不同以往
岸边杨柳舞袖
漫天飞絮
婀娜还如旧时明月
湖上枯枝让人忆起夏日荷花半边红霞

阳光下
衣香，人影
一行轻慢的脚印随风而逝
糅合在浅浅的笑
舒展的眉梢

时间停留在午后的思绪
大明湖畔
短暂的回眸

路　过

漫步夜色
树影环绕，湖水沉静
白房子倒映湖中
好比艺术的殿堂
一群天鹅在湖面上栖息
悦耳的小提琴曲随晚风萦绕
路上清寂
只有脚步轻轻
踩着心里悠悠的旋律
陌生的城
一次偶然路过
却是似曾相识
仿佛回到了家乡的湖畔
一样的夜色
一样的湖水
风儿轻轻吹过

心安置于洁净

早起是灰霾的天
居室里的尘一览无遗
我不安起来
因为习惯了窗明净几
把心安置于洁净

我祈盼雨的降临
哪怕是零星小雨的滴洒
只要是干净的

这世界有这样或那样有毒物质
看见和看不见的
我们需要清澈的水
滋养冬日干枯的容颜

那么，关了窗吧
或者走到阳光好的地方
看着满是尘土的树叶低垂着头

好像在等待一场雨，等待
寒冬过去，春天苏醒

在海边看日出

凌晨五点，我等待大海醒来
或许它根本没有沉睡
涛声喧嚷了整个夜晚
提醒我不要错过海上的日出

朝霞渐渐染上云层
太阳近在咫尺，升起来
瞬间投下一束光
海面漾起金黄的涟漪

我沿着开满长春花的海岸线一路追赶
海浪阵阵，拍打礁石
掀起白色的浪花朵朵

小心翼翼地踩着细软的沙滩
靠近海
大海的神秘一直在心头缠绕

栖居在海滨之城
应是前世与海结缘
它的广博它的深邃
我心止泊的方向

Chapter 4

第四辑 岁月

岁 月

光阴之手
在深夜的酣睡声中
拾掇梦的碎片

怀着期待
就连睡着了都不歇息
谁在微笑
谁在忧愁

太阳升起又落下
行色匆匆
走在坑坑洼洼的路上
尘土飞扬
网住了生活的脚步

几年后，当一夜醒来
一个安静的小城
是不是可以

在晨曦中站立
清朗的风吹散无奈的蹙眉

听　海

海风拨弄浪涛
把我的心键叩响
昨天烙在海滩的脚印
伴着涛声在脑海清晰

月亮水灵灵的眼
在海天的蔚蓝里凝视
一只萤火虫从海的深处飞来
荡起渔歌，把海生动
城市的喧嚷已经很远
看月，听海
心儿无尘

篝火燃得正旺
火苗映红了脸庞
一阵惆怅，一曲乡思
从皎洁的月光中跳出
海浪涟漪
牵动着漂泊者的心

听　雨

坐在室内，听雨
从窗外涌进夏的记忆
风儿低诉
树叶低唱
山石布满水的影子

雨把四周芬芳
一片叶在中午醒来
仍能感觉，今晨的雨
拂来清凉的喜悦

忧愁躲进灰蒙的云海
思绪缠绕着雨声
等待，谁的心扉
被太阳打开

无　题

一张泛黄的纸
岁月之河曾在上面流淌
千言万语藏在纸的背面
在春天拐弯的路口
一枝枯萎的玫瑰
诉说往昔的艳丽

香已故
蝴蝶在花瓣上
定格
永恒的记忆

如果你不够坚强
请不要把悲伤的眼泪
留给我

倾　听

天地隐藏起来
迷蒙的时光
从早晨走向正午
一如昨日

潮湿的音符
弹拨着绿野，溪流
没有更错综复杂的了
谁能说出自然之旅的奇妙

树根向大地的深处伸展
吸吮母亲的乳汁
向上的枝桠
长出粉嫩的新叶

坐在僻静处
倾听春雷从东方走来
携着簌簌的雨声
天边划过闪电的紫光

雪　月

雪在月光里融化
你的嘴唇与大地亲吻
一种洁静的爱
晶莹的泪，滴入泥土深处
轻轻呼唤着
寂寥的冬夜，黎明的苏醒

小鸟展开翅膀
拥着昨日的梦
绕着清晨的树梢飞翔
朝霞渐渐溢满天际
如火焰，把冬天的心捂暖

你沉醉于雪月的安详
把清香带到今晨
这并非遥远的梦境
那飞行在月光里的雪花
好比天上亮闪闪的星群

短　章

1

阳光渐渐地
从黎明中醒来
在眼前缓缓波动

望着窗外
薄云怀着浅浅的心思
把昨夜梦尖上的音符拾掇

就这样
每天清晨
都展现它的温柔和清雅

一曲天籁
时光缓缓
抚慰岁月的苍凉

2

天空像一幅流动的油画
蓝贴近地面
云顺风飘移

城市川流不息
布满了匆忙的脚步
在恢弘的画卷上
书写时光的一瞬

街巷的嘈杂渐弱
七月的蓝，纯净的蓝
在我的视野里放飞

3

夜空一望无际
许多人仰望
看见了同一个月亮
他们与月亮说话
深藏的信念
把彼此的孤独慰藉

这一年，我却不想说

关于月亮的话题
那光辉已渗入骨髓
任凭风雨飘摇
也阻挡不了我的眷念

每个人心中都有一个月亮
与天上的月融合
星辰闪烁，点亮黑夜
有时温暖
有时寒凉

4

冬晨的冷风穿过草坪
隔壁动物园的猴子
偷偷窜过来，探头探脑
把邻里的风景张望
寂静的操场也顽皮起来
阳光很好
同伴们唧唧喳喳
快乐得像几只小鸟
想象着，坐在暖阳下读书
到了春天，在绿茵茵的草坪上
铺上红地毯
串起缤纷的气球
与心爱的人
步入婚礼的殿堂

这 一 天

这一天
时间放慢脚步
细嗅泥土的香气
你在树荫下席地而坐
看牛儿吃草
天上的云朵向远处飘移

风儿吹过树林
伸出手把田园轻抚
身边的河水流淌
你静静等候
晚霞披着衣纱
月光爬上你的脸

随梦起航

闭上眼睛
想象将要开始的一次飞行
顺着风的方向
仿佛一只白鸟，张开翅膀
蓝天辽阔，梦在远方

绿野花香
山高水长
把快乐装进行囊
五彩缤纷是自然的赐予
无论飞到哪儿
都是可以栖息的地方

出发吧
梦是我的，也是你的
趁着黎明苏醒
朝霞染红天际
树上的鸟儿唱着婉转的歌
清风掠过脸庞

工　地

聒噪声从窗口涌入
鸟儿噤若寒蝉
它们的巢迁到哪里去了

树叶无精打采
渐渐枯萎
薄阳洒在树冠上

几幢楼房昼夜不停
已建到五层高
架台上的人影
小如远处低矮的树

我曾走近
偶尔听到几句方言
看他们黑瘦的脸
布满尘土

粗糙的手指
如钢骨，城市的大厦
在被太阳与风沙刺痛的
眼神里，疯长

太阳底下

从左向右，从右向左
熙熙攘攘，风尘仆仆
潮湿的日光蹙着眉
望着这块刚冒出嫩芽的乡土
通透的空间越来越窄

弹丸之地
一片叶，一朵花，一棵草
都被点缀成中规中矩的风景
匆忙的大街渲染着躁动
商海茫茫，浮华恍如泡沫

善意和忍耐日益修炼成美德
坚守着勤劳质朴的本分
由钢筋水泥构建的城市
等待着云开雾散
太阳底下，青山绿水环绕
一片从容与纯净的蓝

枕着阳光入梦

枕着阳光的味道入梦
月的清辉
送来夏夜清凉的风
星，跳到树枝上
探着脑袋把我睡熟的脸张望
晶亮的眼是儿时清澈的目光

宇宙中光明的天使
星星，太阳，月亮香甜我的梦
枝头小鸟的鸣叫将清晨唤醒

睁开眼睛
月亮和星星手牵手
走进大海的蔚蓝
阳光暖暖的，漫过山梁
把我的小屋盛满

夜幕垂钓

岸上的灯火已点燃
你坐在岸边
想做几个钟头的闲士
独钓一份释怀

江风把长鱼杆轻摆
你疑惑
即使鱼儿懂得
调皮地上上钩、逗逗乐
但可懂得
为什么风吹不散满身疲惫

或者无关喜忧
只是暂且回到自己
发一发呆
想想鱼儿单纯的快乐

皓月当空

江面上瘦小的倒影
晕染了几缕清辉
你平静的嘴角抿起一丝欣然

夜晚的街道

黄尘裹着喧嚣
谁又能看清谁的脸
清香越来越远
远到窗前的绿枝都保持着距离
冷冷地瞧，不出声

夜幕低垂
灯影婆娑
漠然在高楼缝隙间拓展
月在树梢把夜淡蓝
一个个热闹的小吃摊
把一对对恋人的爱情喂饱

一段音乐来自远方
一曲心声在夜里回荡
时空的寂寥在月的朦胧里
一点一点，扩散

永远，以另一种方式诉说

——观百年虔贞女校历史图片展偶感

古钟敲响了寒冬之夜
虔贞的气息随唱诗班童稚的歌声缭绕
静穆挂在脸上
纠结着惊喜与恍然
把脚步放轻，别惊吓那个白衣少女
她羞涩腼腆的体态，额头布满圣洁
光芒撒向四周

百年并不遥远
旧照片、旧物件
犹如伸手可摘的星星
永远，以另一种方式诉说
韶华随风而逝
但当年朗朗的书声已被珍藏

时光凝固的瞬间
追寻旧时记忆，一幕幕
过去的终归过去了

无需忧伤

就像故人曾经的岁月

虔诚于点滴时光

明亮温和

在百年后、寒夜里闪烁

雨　夜

月，露一下脸
钻进云层
洒下一串晶莹
宁静的夜
被风吹皱

雨中的夜开始轻盈
如涟漪的湖
水鸟在湖面上飞
一支烛火
把我的心点燃

吟诗，听歌，作画
本是雅士的修为
我也学做雅士
伴着夜雨
听歌，读诗
挥墨写意一幅画

月躺在我的臂弯

安静如婴儿

雨是她梦中的泪花

当黎明叩开门扉

一道彩虹描上了眉梢

小　径

清雅
幽静
弯弯曲曲
向远方伸延

绿茵环绕
青石板上的脚步
轻盈的节奏
才是真实的自己

日复一日
年复一年
我思想的深处
也有了一条清幽的小径

低头，徘徊
小径牵引我走过岁月
走出城市
那条拥挤的路

夜 空

浅蓝色的夜空
明净迷人
一朵朵白云
簇拥着浅蓝色的港湾
星星
藏在温馨的浪花里
探出脑袋
调皮地闪亮
无论我走到哪儿
往左往右
还是向前
她都跟着我
追着我的身影
伴我回家

以爱的名义

习惯在清晨漫步
呼吸花园里泥土的清新
如同勤奋的耕耘者
在红霞的光影里沐浴
内心憧憬着未来

四周静谧
有甜甜的香气袭来
对镜而坐
我的眉宇柔和，面容端庄
眼神清亮如秋水

嫣然一笑
着一身朴素衣衫
迎着朝阳走着
把生命的葱郁与光艳的思想
化作甘露
滋养花园里的花
芬芳每个清晨，愉悦每寸光阴

冬天的断想（组诗）

冬　晨

冬日，清晨
阳光照在地面
抵不过风的温度
一片树叶把冰凉的拳头握紧取暖

每天叽叽喳喳的鸟儿不知去向
是不是都商量好，躲开了
不愿在小道上闲庭信步

希望下午的时候阳光再好一些
这样，我就可以走出去
找个安静的地方
靠着一棵树
不想任何事
只是懒懒地眯着眼睛

上　午

今天是个好天气
去走向绿地走向山
看，草地上
红润的笑脸
蝴蝶风筝自在飞舞
山路向上延伸
蓝天越来越近
白云涂抹着心中的梦
鸟儿蓦地扑腾着翅膀
飞进树林
清脆的鸟鸣在清风里飘荡

正午速写

正午暖如春日
两只蝴蝶在林间嬉戏
一只停在树杈
一只向远处翩飞

不，这儿那儿
有好几对呢
阳光下，它们相互追逐
形影不离

风也温和
树叶摇晃
一只鸟儿突然从眼前飞走了
惊醒了我的目光

我莞尔一笑
这样的静，仿佛能听见
蝶儿鸟儿的声音

冬　夜

太阳收走最后一道霞光
天幕低垂
扑朔迷离的夜
把万家灯火点亮
门店传来的声音震耳欲聋
漆黑的音箱
包裹着所有的欢乐和悲怆

对窗坐下
我盘点着心事
不让嘈杂在心里停留
想象着星光闪耀
我想，惟有这样的光才能把我明亮

沉思中
我恍若化作一芽月儿
展翅融入风的纯净夜的温馨
飞向星空

冬走进极致

落叶满天飞舞
阳光透不过潮湿
恍若秋的肃杀
春的萌动

街上车来人往
热热闹闹
聚积着喜庆
把城市的年点缀

相逢是首歌
冬日里的雪花
飞舞着年华的春恋
飘进街巷，飘在人间

走在城市的夜景中

熟悉与陌生交织
扑朔迷离
但可以在布满灯景的夜海
大隐于世

孤独非孤单
我与这个城市
有着千丝万缕的联系
夜幕下，取一分安静
让呼吸平稳

绕开灯红酒绿
一种神秘的力量弥漫
如同星星点点
闪烁苍穹
延续着白天的光明

凝望，沉思

我回到家
关上门
浮华与喧嚣被挡在门外

新年寄语

下午两点
窗外阳光很好
我穿戴齐整
披了件淡紫色外套
我想，应该戴顶红帽子迎接新年吧

小区很安静
遇见一位美女打了声招呼
她问，穿这么漂亮去哪儿
我笑了笑，随便走走，晒晒太阳

时间尚早
圆形的花坛间只有我
一个人正好慢慢地想想事
比如过去一年
2017 年和以后的以后
读读闲书，到处走走，养养心
把家人和身体放在第一位

阳光暖暖的
冬日里的植物少了些水分
落叶已被清扫
我穿着一双白鞋格外醒目

两三朵不知名的小花
执拗地开在阳光下
我拿出手机拍了好几张
把我的白鞋拍进去
把我的身影拍进去
然后，想给照片起个名字
就叫“人在花影里”

孤单是个美好的词

阳光洒下一地银片
悠闲的下午
总是喜欢沿着窄窄的山路
慢慢地，数着脚步，缕一缕心情
或阴凉或微热
这是一个人的下午
独处的时光，不仅是我
还有他们，山路边凳子上坐着的人
低头看手机的秘密

当然，大多是孩子们被大人领着
耳畔是童声，母亲的轻语和浅浅的笑
叶子开始新鲜了
坡上的一丛黄色的小花
一位姑娘不知摘着什么
红色的裙子很好看

山路总能找到无人的时候

手机里的画面
可以呈现出不同的季节
而我只想拍下今年的春天
二月的微风散发着微弱的春光
眼前，有位老人也在悠闲地散步
孤单的背影渐渐地走远了
他在看我时是不是觉得我也孤单呢

孤单是个美好的词
时间已被忽略
而林间的鸟儿叫得正欢

雨天日记

清晨的雨下起来
滴嗒滴嗒
好久没听到这雨声
敲打在窗外

现在下雨的时候越来越少
四周的喧嚷与灰土混合
有时皱紧眉头
躲开街面上川流不息的车辆
走进山间
让有着青草味儿的小路
记录我的步数

记得从前的下雨天
我会搜索关于雨的音乐
在家聆听一分恬淡
不用着急出门
可以拥有一段安宁的时光

梳理生活中暖暖的爱

就像今天，虚度一次雨天的光阴
漫无目的，随手写字，大声朗读
雨声是最好的音乐伴奏

看着窗外，雨越下越大
仿佛积攒了好多的话，不停地说着

爱在花开的季节

春光明媚
一如你，美丽的姑娘
你站成了一朵花开
与红红的木棉一起绽放
春风十里，满满的爱在花朵上飞

南方的温润浸湿了你的眼眸
双手捧着一缕芬芳的柔情
你的春天被谁填满
俏立的身影谁在偷偷地望

午后的音符在阳光里跳荡
这一刻只属于你
你的四周被染成粉色的图案
风儿轻轻地吹
你仰起头看花，衣裙那么好看

爱在花开的季节

你羞涩的思念
藏在三月的青葱
蝴蝶翩飞的翅膀上

东湖掠影

宽阔明净，湖岸曲折
大大小小的湖泊
有时望不到边
十月，轻雾笼罩
岸柳在太阳背后垂落
我喜欢枝条错落凌乱的样子

正午阳光好的时候
美人蕉焕发明亮的黄
比红更好看
湖面细波涟漪
再远是连绵的山脉

朋友说他一周要来两三趟
时间地点不同风景不一
我赞了这份雅致
趁着好天气
把东湖的秋拍进相机

清凉中
粉红的木芙蓉，枯黄的残荷我都爱
登上楚天阁眺望，山水相依
远处的记忆袭来
骑行，泛舟
还有飘荡在春天里的欢笑

这就是我的东湖
春夏秋冬都有不一样的美
这么多年了
花草，湖水，拱桥，风筝犹在
每次回家
时光淡去，记忆淡去
感觉仍是幸福

秋　实

在秋天
我无限接近树的香气
小区，公园
大街，小巷
桂香扑鼻，玉兰花也开了
好香啊，秋天真好
谁家的石榴树结出沉甸甸的红果子
探出屋檐
吐露一家人圆满的心愿
春醒了，秋熟了
我们可以在自家的院子里
邀上亲朋好友
在石榴树下摆上小圆桌
喝桂花酒，吃甜石榴
赏月，闻香
唱歌，跳舞
聊一聊亲情友情
聊一聊诗和远方

晒　秋

秋天是什么
谁可以这么自信
把秋天晒出来
春的播种到了收获的季节
都是鲜亮的色彩
日子过得红火
谁不爱这山里红
红的可爱红的喜庆
还有什么比一年的好收成更快乐

山里的人
有着大山的气质
金灿灿的秋阳
把人的心敞亮
农家人热爱这生养的土地
他们日出而作，日落而息
把希望种在田里
把汗水滴在田里

结出的果实有了甜甜的味道

不信你就咬一口
秋天里
那个甜润那个清香

傍　晚

不是所有的事物都如此迷人
因为虔诚，把你的目光吸引
站在空旷的草场
望着天际最后一线光亮
此时静默最好
一个人，去捕捉灵魂的声音

黑夜将隐蔽所有的贪婪
回归也许是最大的心愿
这最美的时刻
有时孤独只是短暂的奢侈

但还是离开一会儿
让傍晚的清冷包裹全身
此时你脸上的表情一定很迷人
夜色越来越沉
那一线光亮明天仍会出现

正当暮色

正当暮色
安静着
天边的云霞犹如五彩哈达
双手高举，献给天空
感谢上苍赐予安顺的一天

一种神秘，祈祷天地的眷顾
那些生活在草原上的人
此时是否在白色的蒙古包里唱歌喝酒
张开双臂，欢乐舞蹈

看惯了高楼林立的暮色昏沉
听一曲草原的歌喝一碗烈性的酒
万马奔腾的马头琴曲在耳畔回荡
草原的生活是别样的豪放
辽阔，澄澈
羊儿成群往山坡上爬

真实，就是自然万物的美好

我们眼睛所看见的总觉得不真实
也许是呆在城市久了
虚幻的想象多了
于是看见一片绿茵、几块山石、一条小溪
便足以让人愉悦
这是我们内心始终描绘的
把难得的一方净土当作世外仙境
清澈的溪水仿佛在告诉我们
要远离一些什么
并且诱惑着，牵引着
去揭开大自然深处的秘密

两只漂亮的鸭子在溪间饮水
一起度过凉爽的一天
宁静而甜蜜
我们终于相信
真实，就是自然万物的美好
不论在哪里

城市还是山野
不论什么季节
春天还是冬天
每天细微的时光都充满着简单的幸福
与我们所拥有的
相亲相爱
结伴而行

守护孤独的诗人（代跋）

李春俊（诗人）

孤单是个美好的词/时间已被忽略/而林间的鸟儿叫得正欢——《孤单是个美好的词》。

诗人的正面和背面，大都是孤独的。

《诗经》里那些不知名的作者，屈原，陶渊明，大唐诸多诗人从王维到李白杜甫，繁华的只是世事红尘，寂寞的是诗人的灵魂。

但那一骑绝尘的背影，高蹈于天地之间。

孤独的背影，灵魂的正面；历史的背影，诗歌的正面。

美，因此而遗世独立。

我寻觅着丨爱的诗句丨用蓝色的笔尖丨写在洁白的信纸上丨然后微笑着丨在花园，轻盈漫步——《花园》。

孤独地爱着，寂寞地爱着。

灰霾如铅，遮挡阳光的时候；人群喧哗，听不见溪声与松涛的时候；风雨如晦，灵魂找不到归途的时候。

诗人没有犁，将污染的大地深耕三遍又能怎样？

诗人没有剑，把世间的崎岖裁为三截又会如何？

一只笔，在风中的呼喊，

只被自己听见了。

绕开灯红酒绿 | 一种神秘的力量弥漫 | 如同星星点点 | 闪烁苍穹 | 延续着白天的光明 | 凝望，沉思 | 我回到家 | 关上门 | 浮华与喧嚣被挡在门外——《走在城市的夜景中》。

她绕过金碧辉煌的大剧院，进入自己的生活厨房。

她打扫、清理，倒掉垃圾，抛却多余的东西。她从词库里挑选着喜爱的词，把它们存入自己的房间，一次一次试用，一遍一遍擦拭，让它们一个一个在橱柜和餐桌上各得其所。因为被那双手日复一日地抚摸，即使在暗夜，也熠熠生辉。

她是简单生活家，单纯的理想主义者，葆有浪漫与美丽的厨娘。

清雅 | 幽静 | 弯弯曲曲 | 向远方伸延 | 绿茵环绕 | 青石板上的脚步 | 轻盈的节奏 | 才是真实的自己 | 日复一日 | 年复一年 | 我思想的深处 | 也有了一条清幽的小径/低头，徘徊 | 小径牵引我走过岁月 | 走出城市 | 那条拥挤的路——《小径》。

孤独是安宁的发现者。

寂寞正酿造爱与和平。

一些细微的事物如水波荡漾开来，细心收集起来的涟漪带着诗人的体温，推送云彩和花树的倒影，抵达诗的彼岸。

我的眼睛已被灼伤｜如果哪一天失明｜是否会像荒漠里站立的一棵树｜在城市灼热的风中｜守护着自己的孤独——《光》。

那一刻，诗歌登上胜利的王座，热泪盈眶，看着使他从黑暗中重生的女人。

她是范明。

写于2016年12月